Pierre Zaccone

Une vengeance anglaise

Texte et illustration de couverture : © domaine public
Edition : Culturea (Hérault, 34)
Contact : infos@culturea.fr
Retrouvez notre catalogue sur http://culturea.fr
Imprimé en Allemagne par Books on Demand
Design typographique : Derek Murphy
Layout : Reedsy (https://reedsy.com/)

Dépôt légal : janvier 2023

ISBN : 9791041916832

Table des matières

I

Il y a à Londres un quartier dont la physionomie n'a été qu'esquissée jusqu'ici et qui méritait cependant une mention spéciale dans les récits des romanciers modernes de la Grande-Bretagne. Nous voulons parler du quartier sur lequel se trouve située la prison de la Flotte, dont les limites ont conservé, comme on le sait peut-être, les privilèges et les franchises des anciens *asiles*. En donnant au prévôt de la Flotte des garanties pour le montant de la somme due à son incarcérateur, chaque prisonnier peut obtenir l'autorisation de résider aux environs de la prison, et jouir ainsi d'une liberté relative. Il résulte de cette tolérance que ce quartier est presque entièrement habité par une agglomération interlope de banqueroutiers maladroits et de débiteurs insolvables, auxquels se mêle une population flottante d'ivrognes fainéants et de filous actifs, de telle sorte que, passé une certaine heure de la nuit, il est bien rare d'y rencontrer une figure honnête.

Cependant, le 25 novembre de l'année 1838, vers dix heures du soir, un homme qui n'était ni banqueroutier, ni débiteur insolvable, ni ivrogne, ni filou, parcourait à pas rapides et pressés l'une des rues étroites qui longent les prisons de la Flotte. Cet homme pouvait avoir une cinquantaine d'années ; il était petit, gros, replet, et sa physionomie, animée par deux yeux vifs et doux, annonçait une nature placide, que les soucis de la vie n'avaient jamais dû beaucoup inquiéter.

Il allait et venait le long des murs, s'arrêtant parfois pour plonger son regard dans la salle enfumée de quelque cabaret borgne et reprenant bientôt sa course, jusqu'à ce qu'un nouveau sujet d'observation vînt la suspendre de nouveau.

M. Gus-Brough était certainement le personnage le plus original des Trois-Royaumes. À toute heure du jour ou de la nuit on le rencontrait dans les endroits les plus différents de la capitale, et il était presque aussi connu des *pick-pockets* qui grouillent dans la Cité, que des gentlemen qui font la roue à Bond-street. M. Gus-Brough appartenait d'ailleurs à l'une des familles les plus honorables de Londres ; son oncle maternel avait été lord-maire, et son grand-père avait siégé avec honneur sur le banc de la Chambre des communes. Sa fortune était, disait-on, colossale ; mais il n'avait jamais voulu se marier, dans la crainte de rencontrer une femme dont le caractère ne sympathisât point avec le sien, ou dont l'esprit étroit eût pu gêner la passion secrète qui faisait depuis si longtemps le but unique de toute sa vie.

Cette passion, le lecteur la connaîtra bientôt ; en parler plus longuement ici, serait retarder sans utilité ce récit. On nous permettra donc de continuer notre course à travers les rues sales et sombres qui entourent la prison de la Flotte, et d'y suivre l'honorable personnage que nous mettons en scène.

M. Gus-Brough avançait avec une certaine difficulté ; une petite pluie fine s'était mise à tomber ; le pavé était gras et glissant ; il hâtait le pas cependant, et regardait de tous côtés, à droite et à gauche, pour s'assurer qu'il ne se trouvait pas à portée un cab disponible... Mais à cette heure et dans ces parages, un cab ne se trouve pas facilement, et M. Gus-Brough poursuivait sa route en soufflant tant bien que mal et en laissant échapper de temps à autre un juron énergique. Tout à coup il s'arrêta et poussa une exclamation de douleur.

Il venait de tourner une des plus mauvaises rues du quartier, quand un homme, vêtu comme en artisan, le heurta violemment au passage.

– Voilà, sur ma parole, une singulière manière de saluer les gens ! s'écria M. Brough avec humeur ; savez-vous, l'ami, que vous avez manqué m'écraser les pieds ?

– Votre Honneur m'excuse, répondit l'inconnu, mais la nuit est si noire que je ne l'avais pas vu.

Et il allait s'éloigner quand M. Brough lui mit la main sur l'épaule :

– Le ciel me confonde, si je me trompe ! ajouta-t-il avec un air de profond étonnement ; mais, ou je ne m'appelle pas Gus-Brough, de Piccadilly, ou vous êtes M. Samuel Hampden, de la maison Bonnington et Cie.

L'homme que l'on interpellait ainsi parut vivement contrarié d'être reconnu, mais comme sans doute il comprit l'impossibilité de nier l'évidence, il porta la main à sa casquette de toile cirée et ne chercha pas davantage à se cacher.

– M. Samuel Hampden ! reprit M. Brough.

– Moi-même, monsieur, répondit son interlocuteur.

– Et comment vous trouvé-je ici, à cette heure, quand tout Londres vous croit dans Lombard-street !

Samuel sourit.

– Mais vous-même, répliqua-t-il d'un ton embarrassé, et pour donner le change, comment se fait-il que vous soyez si loin de Piccadilly, surtout par un temps pareil ?

M. Brough haussa les épaules, sans prendre garde à l'embarras de Samuel :

– Oh ! moi, c'est différent, dit-il avec vivacité ; pour le moment, je sors de la prison de la Flotte.

– Est-ce possible ?

– Je n'en impose pas d'une syllabe, mon cher monsieur Samuel ; la prison de la Flotte est un lieu curieux à observer, et comme le prévôt est de mes amis, j'y vais de temps en temps, pour y prendre des renseignements statistiques qui sont d'un haut intérêt et que nos hommes d'État ignorent pour la plupart. Je fréquente ainsi tous les quartiers qui peuvent offrir quelque sujet d'observation, et j'ai dans Piccadilly bien des documents que l'on payerait fort cher à la Chambre des communes ou chez le lord-maire.

– Quels documents ? fit Samuel.

Tout en causant, ils s'étaient remis en marche.

– Voyez-vous, cher monsieur Sam, poursuivit bientôt après M. Brough, la ville de Londres est la première cité du monde, et quand vous vous levez le matin, vous êtes loin de vous douter des dangers que vous avez courus pendant la nuit...

– Moi !

– Vous et les autres.

– Comment cela ?

– Oh ! oh ! cela vous étonne, n'est-il pas vrai ? Mais vous ignorez, vous et les autres, qu'il y a à Londres 118,951 vauriens dont l'existence est un problème, et qui ne peuvent vivre qu'à vos dépens et aux miens, que l'on n'y compte pas moins de 115,430 *pick-pockets,* 2,295 vagabonds et 75,710 filles perdues.

— Sans doute, fit Samuel ; mais tout cela est connu de la police, et elle a l'œil sur eux...

— Eh ! qui dit le contraire, cher monsieur Hampden ? La police est une admirable institution, et la capitale des Trois-Royaumes n'a pas sa pareille en Europe ; mais il n'en est pas moins constant que l'on arrête toutes les nuits, dans les vingt-six quartiers de Londres, un nombre de citoyens qui varie de cent cinquante à cent soixante-dix, que l'on en égorge de cinq à dix, et que l'on enlève de quinze à dix-huit jeunes filles ; tout cela, croyez-le bien, sans que les vingt-six aldermen y puissent rien, non plus que vous et moi.

Une fois que M. Brough avait enfourché son âne, comme dit Sterne, il n'était pas facile de l'arrêter. Samuel Hampden connaissait sa manie ; il se contenta donc de l'écouter, et se borna, par pure obligeance, à lui donner la réplique.

— Tenez, poursuivit l'honorable membre de la Société de statistique, la plaie de notre état social n'est pas dans le manque d'institutions. Dieu pardonne, le parlement ne nous les marchande pas, et les savants sont là, d'ailleurs, pour y pourvoir au besoin. Il y a à Londres, monsieur Sam, dix-huit écoles où l'on enseigne le droit, sans compter les cinq écoles de théologie, et les quarante académies, où l'on s'occupe toute l'année des moyens pratiques d'améliorer le sort de l'humanité ; mais qu'est-ce que cela prouve, je vous prie ? Rien, monsieur Hampden, absolument rien.

— Je le crois comme vous.

– Cela n'empêche pas que les quatorze prisons de Londres ne regorgent de malfaiteurs, et qu'il n'y ait en outre chaque jour 20,295 individus qui se lèvent sans savoir comment ils se procureront leur nourriture, ni où ils trouveront un gîte.

– J'ignorais cela.

– Eh ! comment le sauriez-vous, cher monsieur Sam ; il faut aller et venir, comme je le fais, regarder et observer à toute heure de la vie, pour connaître à fond toutes les couches de cette société au milieu de laquelle nous nous croyons bien en sûreté, et dont la plupart des membres n'ont pas même la moralité douteuse des sauvages de l'Amérique...

– Oh ! oh ! interrompit Samuel avec complaisance, il me semble, monsieur Brough, que cette assertion...

– Elle n'est qu'exacte, poursuivit le statisticien ; car, il faut bien le reconnaître, l'immoralité a monté peu à peu des dernières classes de la société, et la voilà qui, depuis quelques années, atteint et corrompt les sphères élevées... Tous les ans, il y a dans Londres – la première cité du monde, savez-vous – dix banquiers qui trompent et ruinent leurs actionnaires, vingt-cinq caissiers qui disparaissent avec les guinées de leurs patrons, cinquante officiers publics qui malversent, deux cents qui prévariquent, et les sociétés en commandite qui ne sont fondées qu'en vue de faire des dupes, et les entreprises qui n'ont d'autre mobile que le jeu... Nous vivons, cher monsieur Sam, dans un temps où l'ardeur de s'enrichir cause bien des désastres. Dès qu'on offre au public l'appât d'un gros intérêt, on fait tourner toutes les têtes ; et considérez que, souvent, le plus fripon n'est pas celui qu'on pense... Ce sont quelquefois les actionnaires eux-mêmes, dont la cupidité autorise et légitime presque toutes ces turpitudes... Aussi longtemps qu'on distribue des dividendes, qui s'inquiète du reste, qui fait la moindre question sur la marche d'une affaire ou sur la moralité de ceux qui la mènent ? Les actionnaires sont les complices des entrepreneurs, et ces derniers détrousseraient les voyageurs sur les grandes routes, pour leur payer des dividendes, que, Dieu pardonne, ils les empocheraient, sinon sans inquiétude, du moins sans remords... Étudiez, monsieur Sam, étudiez, et vous verrez si M. Brough, de Piccadilly, ne sait pas la vérité sur bien des choses, et s'il n'y a pas là de grandes réformes à tenter.

Sans doute, M. Gus-Brough, de Piccadilly, aurait continué longtemps sur le même ton, si un incident inattendu n'était venu lui couper la parole.

Mais au moment où il finissait, un grand cri s'éleva à quelque distance, et le bruit d'une rixe sanglante arriva jusqu'à eux.

Samuel s'était arrêté subitement.

– Avez-vous entendu ? dit-il à voix rapide à M. Brough.

– Parfaitement, répondit ce dernier.

– On égorge quelqu'un à cinquante pas.

– C'est vraisemblable...

– N'irons-nous pas à son secours ?

M. Brough remua la tête en signe de refus.

– Pour moi, répondit-il, je ne pense pas que cela soit prudent.

– Mais les cris redoublent, insista Samuel.

– J'entends bien.

– Ah ! il ne sera pas dit que j'aurai hésité plus longtemps.

– Allez, mon jeune ami, allez ; et le ciel fasse que vous ne vous repentiez pas d'avoir cédé si facilement à l'impulsion de votre cœur.

Samuel était déjà loin ; il était parti sans écouter M. Brough, et ce dernier avait repris tranquillement son chemin.

– Quelques matelots ivres de gin, poursuivit-il en pressant le pas, ou quelque débiteur qui aura été surpris par son créancier ; car c'est là tout ce que l'on peut rencontrer à cette heure dans ce quartier désert...

Et il s'arrêta, comme frappé d'une idée subite.

– Au fait, s'écria-t-il, presque effrayé de l'audace de sa propre pensée, que venait donc faire ici M. Samuel Hampden lui-même ? Ce n'est point un fait ordinaire et naturel que la présence, à cette heure de nuit, du caissier de la maison Bonnington et Cie dans les environs de la prison de la Flotte ; d'autant qu'il portait un costume autre que le sien et qu'il a paru fort contrarié d'être reconnu. Certes, il y a là un mystère qui demande à être éclairci, et demain, M. Bonnington en sera instruit, comme il convient qu'il le soit...

Pendant que M. Gus-Brough se livrait à ces réflexions, Samuel Hampden s'était éloigné rapidement et guidé par les cris de la victime, il atteignit en quelques secondes le théâtre du crime.

Samuel était un véritable Anglais ; on l'avait familiarisé de bonne heure avec tous les exercices du corps ; il connaissait l'art du pugilat comme le meilleur boxeur de la Cité. Sans être beau, il possédait cependant une certaine élégance de formes qui n'était pas sans charme ; il se montrait d'ailleurs généralement taciturne, et, bien que M. Bonnington, son patron, l'eût pris en grande affection et lui témoignât à tout propos une franche amitié, Samuel s'était toujours tenu vis-à-vis de lui dans une réserve qui pouvait être taxée de froideur.

Quand il se présenta sur le lieu d'où partaient les cris qui l'avaient attiré, la lutte venait de se terminer. Un grand diable de domestique était étendu à terre, étourdi ou tué, et deux hommes, d'allure plus que suspecte, s'apprêtaient à entraîner une jeune fille qui se débattait vainement entre leurs bras.

Samuel, n'écoutant que son courage, s'élança vers l'un des deux hommes, sur le crâne duquel il asséna d'une main ferme le plus violent coup de poing que l'art de la boxe ait jamais enseigné.

L'effet fut instantané.

L'homme poussa un grognement plaintif et alla rouler sans connaissance auprès du domestique.

Mais le plus difficile restait à faire. Le second bandit était un gaillard de près de six pieds, qui ne devait pas lâcher facilement sa victime ; le sort de son compagnon lui avait d'ailleurs communiqué une colère redoutable, et après avoir, d'un geste rapide et prompt, déposé à ses côtés la jeune miss, qui venait de s'évanouir, il se précipita sur Samuel, le regard fulgurant et les poings fermés.

Le lieu était admirablement choisi pour une pareille scène : une rue étroite et sale, éclairée par des réverbères fumeux, une petite pluie fine qui rendait le pavé glissant, un ciel sombre, et tout autour, des masures en mauvais état, à l'intérieur desquelles on n'entendait rien remuer, – un véritable coupe-gorge.

Le premier coup porté fut terrible ; Samuel se tenait pourtant sur la défensive ; mais c'est à peine si, à travers la nuit, il aperçut son adversaire, et celui-ci lui envoya un coup de poing qui l'eût infailliblement assommé, si, trompé lui-même par l'obscurité, il n'avait dévié de quelques lignes. Le coup glissa donc sur la tempe de Samuel, et alla tomber lourdement sur son épaule.

Samuel ne proféra pas la moindre plainte, il ne recula même pas d'une semelle ; seulement, comme son adversaire se trouvait à sa portée, il ne crut pas devoir lui laisser le temps de se rejeter en arrière, et prompt à la riposte, animé de plus par l'irritation même de la lutte, il lui appliqua vigoureusement un de ses poings sous la mâchoire, et l'autre dans l'épigastre.

Le coup est traître, mais il est infaillible. Le second bandit poussa un cri de douleur, s'affaissa sur lui-même et prit place à côté de son compagnon.

Samuel était maître du champ de bataille, et sans attendre de nouvelles complications, il courut à la jeune fille, dont l'évanouissement venait de cesser, et qui revenait insensiblement à la vie.

— Vos ravisseurs sont pour le moment dans l'impossibilité de vous faire aucun mal, lui dit-il aussitôt à voix rapide, mais l'endroit où nous voici est dangereux, et il faut en sortir au plus tôt ; essayez donc, miss, de prendre mon bras, et avant quelques minutes, nous aurons trouvé un cab qui vous ramènera chez vous.

La jeune fille était enveloppée d'un long châle, ses traits étaient entièrement cachés par un voile épais. Dès les premières paroles prononcées par Samuel, elle releva vivement la tête et fixa sur lui ses deux regards curieux et étonnés :

– Qui me parle ? dit-elle alors, avec un reste d'émotion et comme si elle doutait encore de la réalité.

– Un ami, miss, répondit Samuel, un homme qui a eu le bonheur de vous sauver et dont vous n'avez rien à craindre.

– Mais qui êtes-vous donc ?

– Qu'importe.

– Votre voix ne m'est pas inconnue.

– C'est possible.

– Vous êtes monsieur Samuel Hampden.

– Que dites-vous ?

Samuel se redressa interdit et chercha à percer le voile qui couvrait le visage de la jeune fille, mais cette dernière craignit sans doute le résultat de cet examen, car elle se leva presque aussitôt, et prenant le bras du jeune homme, elle l'entraîna loin de cette rue, dans la direction de Bernard-street.

Dix minutes après, ils trouvaient un fiacre, et la jeune miss, toujours voilée, se hâtait d'y prendre place.

Toutefois, avant de monter, elle se retourna vers Samuel et lui tendit la main.

– Monsieur Hampden, lui dit-elle d'une voix douce et tendre, vous m'avez sauvé la vie, ce soir, et, croyez-le bien, je n'oublierai jamais ce service, À bientôt donc, et avant peu je vous prouverai que je ne suis pas ingrate.

En disant ces mots, elle monta lestement dans le fiacre, et le cocher ayant fouetté son cheval, il partit au galop, laissant Samuel vivement intrigué et cherchant vainement dans ses souvenirs quelle pouvait être cette jeune fille qui le connaissait si bien.

Tout en rêvant, il reprit à pas lents son chemin vers Lombard-street. La distance est longue, et il s'arrêta plus d'une fois sur sa route ; quand il arriva au siège de la maison Bonnington et Cie il était près de minuit. Il se hâta de gagner la chambre qu'il y occupait.

Cependant, au moment de rentrer chez lui, il s'aperçut pour la première fois qu'il régnait un mouvement inusité parmi les domestiques et en demanda la cause.

– Oh ! ce ne sera rien, monsieur Hampden, répondit un valet qui passait, c'est John, le domestique de M. Bonnington, qui a été rapporté tout à l'heure dans un assez triste état... il prétend qu'il a été attaqué par deux bandits ; mais sa blessure est peu grave, et dans quelques jours il n'y paraîtra plus...

Et le valet s'éloigna.

Samuel n'en demanda pas davantage ; mais un frisson courut sous ses cheveux.

M. Bonnington avait deux filles, laquelle des deux avait-il donc rencontrée près de la prison de la Flotte ?

II

Le lendemain du jour où se passaient les événements que nous venons de raconter, il y avait une petite réunion chez M. Bonnington, de Lombard-street. M. Bonnington était un des gros personnages du commerce de Londres, et sa maison, qui avait une succursale à Calcutta, possédait une certaine influence sur les transactions de la plupart des marchés importants de l'Angleterre. Son hôtel était donc assidûment suivi, et ses deux filles se trouvaient le point de mire de plus d'un gentleman. Depuis longtemps, M. Bonnington était veuf, et en bon père de famille, il n'avait jamais voulu se remarier.

De ses deux filles, l'une, miss Ophélia, était déjà grande, l'autre, miss Lucy, était toute jeune encore. Il ne crut pas que, dans cet état de choses, il pût remettre à des mains étrangères le soin d'élever ses enfants, et depuis huit années bientôt, c'est lui qui s'était presque exclusivement chargé de leur éducation. Fut-ce un bien ou un mal ? Il serait difficile de le dire d'une manière précise. Ce qu'il y a de certain, c'est que les deux filles de M. Bonnington avaient grandi et s'étaient développées dans un sens différent, et que, nourries des mêmes principes, elles offraient des résultats diamétralement contraires. Explique qui le pourra cette contradiction.

Miss Ophélia était longue, un peu sèche, très-blonde, et réalisait, dans sa plus complète expression, le type guindé et froid des jeunes misses que la Grande-Bretagne verse à certaines époques périodiques sur le continent européen. Comme la plupart des insulaires, bien qu'elle professât un enthousiasme sincère pour les modes françaises, elle avait coutume de se mettre d'une façon romanesque, qui frisait de bien près l'extravagance ; et comme l'impunité était d'avance acquise à ses ridicules, elle ne s'aperçut pas de l'effet qu'ils pouvaient produire sur la partie sérieuse de son entourage. La lecture mal dirigée de Shakespeare, de Milton, de Walter Scott, de lord Byron, jeta d'ailleurs de bonne heure une grande confusion dans son esprit ; elle en reçut des impressions dont elle s'exagérait elle-même la portée, et il lui arriva fréquemment, dans ses inspirations extravagantes, de se prendre pour une de ces individualités impossibles, que les poètes créent parfois dans le but de faire pièce à la réalité. Miss Ophélia avait alors vingt-quatre ans.

Quant à Lucy, elle en comptait dix-sept à peine, et c'était bien la plus charmante enfant que le regard d'un homme eût jamais contemplée : elle avait de beaux cheveux châtains qui encadraient harmonieusement le pur ovale de son visage, des dents d'un émail éblouissant, des yeux bleus tout animés de curiosité naïve, on eût dit que la nature avait mis une sorte de coquetterie à former ce ravissant chef-d'œuvre, de grâce et d'élégance. Sa taille était souple et ronde, ses deux mains délicates et fines, et son pied, bien attaché, eût chaussé le soulier d'un enfant. De toutes ces perfections. Lucy ne tirait pas vanité. Elle savait bien qu'elle était jolie, cependant, mille regards le lui avaient dit déjà, et ne l'eût-elle pas appris de la sorte qu'elle l'eût deviné, grâce à cet admirable instinct que Dieu a mis au cœur de la jeune fille. Elle ne connaissait ni Walter Scott, ni Byron, encore moins Milton et Shakespeare, mais sous le voile transparent et chaste de son ignorance, il y avait dans son cœur plus de poésie que dans aucun poème humain.

Le salon de M. Bonnington se trouvait donc, ce soir-là, rempli d'un choix d'amis intimes, parmi lesquels on distinguait quelques gentlemen appartenant pour la plupart au haut commerce de Londres. Ce n'était d'ailleurs qu'un *petit comité*, comme disait miss Ophélia, et la réunion ne devait pas se prolonger fort avant dans la soirée.

Depuis quelques semaines, miss Ophélia semblait avoir abandonné les hauteurs de la poésie romanesque qu'elle avait fréquentées si longtemps, et en renonçant à chercher son idéal dans les régions nébuleuses de ces rêves, elle avait fini par le rencontrer sur la terre.

C'était un fort bel homme, ma foi, major au service de la compagnie des Indes, et qui venait d'arriver directement de Calcutta. Miss Ophélia s'était éprise assez rapidement de son teint hâlé, de ses belles dents blanches, et de son uniforme resplendissant. Le major Turner possédait au surplus toutes les qualités qui ont le privilège d'attirer l'attention des femmes de l'âge d'Ophélia ; il était froid, se mettait avec un goût exquis, parlait de l'Inde dans une langue étrange, et savait commander l'intérêt sans jamais imposer sa personnalité. Le major était pour ainsi dire le lion de la saison ; et soit que la fortune d'Ophélia l'eût séduit, soit qu'il aimât les femmes longues et sèches, toujours est-il qu'il fréquentait assidûment la maison Bonnington et Cie et que le bruit de son mariage avait déjà couru par le monde.

On causait au milieu du salon et autour de la cheminée ; miss Lucy allait et venait, avec une sorte d'inquiétude vague, tandis que sa sœur, assise au piano, le major Turner derrière elle, laissait errer ses mains sur les touches sonores. M. Bonnington, plongé dans un fauteuil, entretenait une conversation commerciale avec deux négociants de la Cité, et M. Gus-Brough, caché dans un angle du salon, affirmait à un interlocuteur attentif que l'on mangeait bon an mal an, dans la capitale des Trois-Royaumes, 1,580,953 moutons et 83,466 bœufs, et que l'on importait de France en Angleterre 75,956,343 œufs.

— Londres est la première cité du monde, poursuivit l'honorable membre de la Société de statistique, heureux de se voir écouté ; nulle part ailleurs vous ne trouverez la même distribution régulière de tous les métiers et professions. Savez-vous, monsieur, que nous comptons à Londres 2,500 boulangers, 2,950 cordonniers, 1,080 marchands de tabac, 1,050 marchands de fromage ? le saviez-vous ?

Et comme son interlocuteur ne répondait pas :

– Vous ne le saviez pas, conclut M. Gus un peu étonné cependant de son silence, et ce sont là les premières notions de la statistique !... Tenez, moi qui vous parle, monsieur, j'ai écrit un mémoire, un fort long mémoire, Dieu pardonne, duquel il résulte, d'après des chiffres puisés aux meilleures sources, que les huit compagnies chargées de l'approvisionnement de l'eau dans les vingt-six quartiers de Londres fournissent annuellement 191,066 maisons, et que les fournitures réunies présentent un total énorme de 592,536,902 hectolitres. Voilà des faits, monsieur, et pourtant qui les connaît ? personne. Il n'y a guère que Gus-Brough, de Piccadilly, qui s'occupe de ces questions, et vous-même, monsieur.

M. Gus attendait une réponse, mais son partner se contenta de sourire et de s'incliner en signe d'assentiment. M. Gus le regarda étonné. Il commençait à craindre de n'être pas compris, quand il se sentit frapper légèrement sur l'épaule.

Il se retourna, et aperçut Samuel Hampden.

– Eh ! c'est vous, mon cher monsieur Sam ! s'écria M. Brough, en l'entraînant à quelques pas, après avoir salué son auditeur du geste, vous me croirez si vous voulez, mais je suis enchanté de vous rencontrer.

– Vous êtes trop bon, murmura Samuel.

– Et puis, j'ai un renseignement à vous demander.

– De quoi s'agit-il ?

– De la personne qui causait avec moi, quand vous êtes venu me trouver.

– M. Tidd !... fit Samuel.

– S'appelle-t-il M. Tidd ?...

– De père en fils, et c'est, je puis vous l'assurer, le plus sourd de tous les commissaires-priseurs des Trois-Royaumes.

M. Gus-Brough n'en demanda pas davantage ; le silence de son interlocuteur lui était suffisamment expliqué, et il ne songea plus désormais à lui. D'ailleurs, il venait d'arrêter ses regards sur Samuel, et il avait été comme frappé de l'altération de ses traits et de la pâleur de son visage.

– Vraiment, monsieur Sam, dit-il aussitôt avec vivacité, savez-vous que je vous trouve l'air bien préoccupé ce soir. J'espère qu'il ne vous est rien arrivé de fâcheux depuis hier ?

– Non, je vous assure, répondit Samuel.

– Mais vous me cherchiez quand je vous ai rencontré.

– En effet...

– Qu'y a-t-il donc ?

Samuel s'efforça de sourire, comme pour donner le change sur l'importance de ce qu'il avait à dire.

– Il y a, reprit-il un instant après, que j'ai un petit service à vous demander.

– À moi, mon jeune ami, mais je suis tout à vous.

– Vous connaissez beaucoup mon patron ?

– Sans doute.

– M. Bonnington a en vous une confiance qui s'explique quand on vous connaît.

– Votre patron sait ce que je vaux, le peu que je vaux.

– Et il vous écoute.

– Eh bien !

– Eh bien ! j'ai pensé, pour des raisons que je ne puis vous faire connaître maintenant, qu'il serait peut-être imprudent de lui dire notre rencontre d'hier.

– Dans le quartier de la Flotte ?

– Précisément...

– Qu'à cela ne tienne, monsieur Sam, et puisque vous le désirez, je ne lui en dirai rien.

– Je vous serai obligé.

– Il y a donc quelque mystère là-dessous ?

– Peut-être...

– Une jeune miss que l'on va consoler, mauvais sujet... Allons, allons... Soit, je serai muet comme la tombe ; le caissier de M. Bonnington n'a pas d'ailleurs de compte à rendre à ce sujet, ni à son patron, ni à M. Gus-Brough, de Piccadilly...

En parlant ainsi, M. Gus serra les mains de Samuel, et ce dernier l'ayant de nouveau remercié, s'éloigna le front moins sombre et le visage moins pâle.

Il n'eut pas plutôt tourné les talons, que l'honorable membre de la Société de statistique se prit à remuer la tête, en signe de mécontentement.

– Hum ! hum ! murmura-t-il entre ses dents, voici un jeune homme qui prend une singulière route pour gagner la confiance de ses patrons ; mais M. Bonnington est le meilleur de mes amis, et sans manquer à la promesse que j'ai faite, je puis bien le mettre au moins sur ses gardes... D'ailleurs, ce Samuel m'a toujours paru nourrir de mauvaises pensées, et qui sait s'il est encore temps ?

M. Brough ne poussa pas plus loin ses réflexions ; M. Bonnington était assis à quelques pas, il marcha vers lui, et le prit vivement à part.

– Bonnington, lui dit-il alors à voix basse et rapide, il faut que je vous parle.

– À moi ! fit M. Bonnington.

– À vous-même, et j'ajoute, mon ami, qu'il s'agit d'une affaire importante.

M. Bonnington ouvrit les yeux, et se leva à demi :

– Voyons donc, Brough, répondit-il avec un commencement d'inquiétude commerciale, aurait-on reçu quelque dépêche télégraphique au Royal-Exchange ?

– Il s'agit bien de cela !

– Ma maison de Calcutta aurait-elle suspendu ses payements ?

– Non plus.

– Expliquez-vous.

– Voici... Vous avez chez vous, je crois, M. Samuel Hampden.

– Un charmant jeune homme.

– Le connaissez-vous ?

– Depuis deux ans, qu'il nous est arrivé de Calcutta.

– Ce n'est pas ce que je veux dire, mon ami ; franchement
et sur votre honneur, que pensez-vous de lui ?

– Mais rien, je suppose, sinon que depuis deux ans il ne
nous a donné que les meilleures garanties de moralité.

– Et il mène une conduite régulière ?

– Je le pense.

– Et il ne vous est jamais venu à la pensée qu'il pouvait
vous tromper ?

– Nullement ; d'ailleurs, M. Samuel Hampden n'est point
un caissier ordinaire, c'est un de nos forts actionnaires, et il n'a
pas moins de dix mille livres sterling dans notre maison.

– Alors, cela vous rassure ?

M. Bonnington se prit à rire :

– Sur mon honneur, dit-il avec enjouement, que vous a donc fait notre ami Samuel ? Jamais je ne vous ai vu ainsi : auriez-vous appris quelque chose sur son compte ?

– Je n'ai pas dit cela, repartit M. Brough, qui commençait à être embarrassé.

– Et vous ne pouviez pas le dire, mon ami ; car Sam est un jeune homme assidu, probe, d'un esprit droit, incapable de tromper personne, et je ne vous cache pas que j'ai sur lui des vues qui me l'attacheront encore plus étroitement.

– Comment cela ?

– Vous le saurez bientôt.

– À quoi songez-vous donc ?

Le visage de M. Bonnington avait pris tout à coup un air de gravité sous lequel perçait comme un reflet de mélancolie qui ne lui était pas habituel.

– Voyez-vous, mon ami, poursuivit-il à voix lente, quel est l'homme qui, arrivé à mon âge, peut impunément regarder dans le passé, sans craindre de s'y trouver en face d'un remords. Êtes-vous bien sûr, vous-même, mon cher Gus, vous, l'honneur et la probité de Piccadilly, êtes-vous bien certain de n'avoir pas au moins une faute à vous reprocher, une faute dont le souvenir pèse sur votre cœur et trouble à de certaines heures votre existence ? Mais la vie nous emporte tous, mon ami, et c'est vainement que nous chercherions à lutter contre le courant : cependant, moi, je veux tenter de retourner une fois encore vers ce passé qui n'est plus, et où j'ai laissé le repos de ma vie.

– Que dites-vous ? fit Brough étonné.

– Avant quelques mois, j'aurai quitté Londres.

– Vous ?

– Avant une année, je serai à Calcutta.

– Est-ce possible ?

– Là seulement m'attendent le pardon et le repos.

– Mais, vos enfants ?...

Bonnington sourit doucement, et montra du regard le groupe formé par miss Ophélia et le major Turner.

– Ceux-là me suivront, répondit-il ; l'Inde est le pays des amours romanesques.

– Mais miss Lucy ? insista M. Brough.

– Dans quelques jours, je vous en dirai plus long.

Cependant, en quittant M. Gus-Brough, Samuel s'était posté dans l'embrasure d'une fenêtre, et de là il promenait son regard dans le salon.

Quoiqu'il eût un vague soupçon de la vérité, bien des doutes troublaient encore son esprit, et il voulait à tout prix savoir laquelle, de miss Lucy ou de miss Ophélia, il avait rencontrée la veille dans le quartier de la Flotte. Depuis deux années qu'il travaillait dans la maison Bonnington et Cie, Samuel s'était toujours montré d'une assiduité exemplaire, et son esprit droit et vif avait plus d'une fois utilement pesé sur les décisions prises par ses patrons. Aussi était-il traité avec les égards dus à son intelligence des affaires, et toutes les personnes qui fréquentaient la maison s'étaient depuis longtemps habituées à le considérer autrement que comme un simple commis.

Miss Lucy elle-même n'avait pas pu se défendre d'une certaine sympathie pour cette nature discrète, qui semblait craindre et fuir tout contact ; sa curiosité avait été vivement éveillée, et pour une enfant de son âge, cette curiosité n'était pas sans danger. Un beau matin, la jolie miss s'aperçut qu'un autre sentiment plus doux s'était glissé dans son cœur ; et comme elle n'avait encore appris à rien dissimuler, Samuel ne dut pas tarder longtemps à connaître la vérité. – Chose singulière cependant ! – bien qu'une pareille découverte semblât faite pour lui inspirer une profonde reconnaissance, il parut d'abord en éprouver une vive contrariété. À partir de ce jour, en effet, il devint encore plus taciturne et plus froid que d'habitude, et c'est à peine même s'il eut pour Lucy les plus simples prévenances.

Toutefois, il est permis de penser qu'il revint plus tard de sa première impression, car au bout de quelques mois il consentait à échanger, de temps en temps, quelques paroles avec la jeune miss, et souvent même il la quittait avec un tendre et doux sourire. Ajoutons qu'au fond de ce sourire il y avait toujours une profonde tristesse.

Cependant l'heure s'écoulait avec rapidité, le salon commençait à se dégarnir ; les invités se retiraient un à un, et Samuel allait en faire autant ; une sourde inquiétude l'agitait, il était mécontent de tout le monde et de lui-même... il eût voulu être loin déjà, et cependant il ne pouvait se résoudre à quitter son poste d'observation.

Enfin, il parut faire un effort sur lui-même, et quittant la fenêtre où il s'était tenu jusqu'alors, il marcha résolument vers miss Lucy, qui venait de pénétrer dans un salon voisin.

Le salon était désert, et nul ne les observait. Samuel entama immédiatement la conversation :

— Pardonnez-moi, miss, dit-il d'une voix où son émotion se trahissait malgré lui, mais si ma démarche est indiscrète, le motif qui me la dicte n'a rien qui doive vous offenser.

— Qu'est-ce donc, monsieur Samuel ? demanda Lucy, en levant sur lui deux beaux regards pleins d'intérêt.

— Avez-vous passé la soirée d'hier dans Lombard-street ?

— Pourquoi m'adressez-vous cette question ?

— C'est qu'hier, vers dix heures du soir, j'ai eu le bonheur de sauver une jeune fille qu'un instant, pardonnez-moi, j'ai cru pouvoir prendre pour vous.

— Et où cela se passait-il ?

— Dans le quartier de la Flotte.

— Vous y allez donc souvent ?

— Quelquefois seulement.

— Et M. Bonnington ne vous a jamais questionné à sujet ?

— Jamais, miss.

Lucy commença un charmant sourire plein de malice et d'enjouement.

— Eh bien ! reprit-elle aussitôt, voilà certainement qui est étrange, monsieur Samuel ; et je m'étonne que vous songiez à m'interroger, moi, qui ne suis guère qu'une étrangère pour vous, quand mon père vous laisse si parfaitement libre, vous qui êtes son caissier.

Samuel se mordit les lèvres ; l'observation était juste ; il ne savait que répondre.

– Quoi qu'il en soit cependant, poursuivit Lucy qui s'aperçut de son embarras et ne tenait pas sans doute à le prolonger, comme je n'ai aucun secret à garder, et que vous vous adressez à moi franchement, je ne veux pas vous tromper, ni vous intriguer plus longtemps ; la jeune fille que vous avez sauvée hier était bien miss Lucy Bonnington.

– Est-ce possible ! s'écria Samuel, vous, miss, à cette heure, dans un pareil quartier ?

– Je vous y ai bien trouvé, vous-même.

– Oh ! moi, c'est différent.

– Comment donc ?

– Un secret qui ne m'appartient pas.

– Soit ! monsieur Samuel... tous les secrets sont respectables sans doute, mais le vôtre est d'une nature singulière. Prenez-y bien garde. À vivre ainsi isolé, le caractère s'aigrit, il s'irrite, et de bon que l'on était au début, on devient bien souvent défiant et méchant... Croyez-moi, monsieur Samuel, la fille de M. Bonnington en sait peut-être plus long qu'elle n'en peut dire en ce moment, et elle vous engage à bien réfléchir à ses paroles.

Et sans prêter plus d'attention à la profonde stupéfaction qui se peignait sur les traits de Samuel, elle le salua avec grâce

et alla rejoindre miss Ophélia, à qui le major Turner racontait sa
dernière chasse au tigre.

III

Plus d'un mois s'était passé, on était aux derniers jours de décembre.

Depuis quelque temps, Samuel travaillait sans relâche ; les opérations de la fin d'année étaient importantes dans la maison Bonnington et Cie, et ce n'était pas trop du concours actif de tous les commis pour franchir ce redoutable 31 décembre qui, sur toutes les places, est un épouvantail pour le commerce. Toutefois, la maison Bonnington n'en était pas à redouter un pareil moment, son crédit aurait pu rivaliser avec celui de la Banque d'Angleterre ; mais le patron avait parlé à Samuel d'une liquidation possible, et ce dernier tenait sans doute à livrer régulièrement ses comptes.

Samuel paraissait encore plus sombre qu'il ne l'avait été jusqu'alors ; soit que ses préoccupations de comptable influassent sur son esprit, soit que sa vie eût été récemment troublée par un chagrin réel, on ne le voyait plus que de loin en loin dans les salons de M. Bonnington, et il se renfermait plus que jamais dans un isolement complet. À la vérité, Samuel tenait peu de place dans la vie de ceux qui le connaissaient, et deux personnes seulement avaient dû s'apercevoir de ce changement : M. Gus-Brough et miss Lucy Bonnington.

M. Gus-Brough était obstiné : au milieu des recherches statistiques auxquelles il se livrait, cette individualité taciturne et froide l'avait frappé malgré lui ; il s'était senti pris du violent désir d'étudier de plus près cette nature à demi sauvage, et il ne se passait pas de jour qu'il ne vînt, sous un prétexte quelconque, rôder autour de Lombard-street.

Quant à Lucy, ce qu'elle éprouvait est difficile à expliquer. Elle aimait Samuel avec tout l'abandon d'un cœur naïf et elle souffrait dans cet amour confiant et pur, en songeant que Samuel était malheureux, et qu'elle ne pouvait rien pour le consoler et le distraire. La pauvre enfant avait bien pâli depuis un mois, et à la voir ainsi rêveuse et triste, on l'eût prise pour une vaporeuse vignette de la mélancolie.

Cependant les amours de miss Ophélia et du major Turner marchaient bon train ; le major avait, disait-on, officiellement fait la demande en mariage, M. Bonnington l'avait favorablement accueillie, et, à partir de ce moment, l'engagement était pour ainsi dire devenu public.

On était donc au 31 décembre de l'année 1838.

À cette époque, le lecteur se le rappelle peut-être, il se manifesta, sur presque toutes les places de l'Europe, une crise qui a laissé de tous côtés des traces profondes et occasionné de cruels désastres. Toutes les maisons de banque, tous les comptoirs d'escompte, toutes les institutions de finance, avaient de bonne heure resserré leurs crédits, et une certaine perturbation s'en était suivie dans les opérations commerciales, de telle sorte que longtemps à l'avance on considérait la liquidation de la fin d'année comme une des plus inquiétantes que l'on eût eu à prévoir. À Londres, la préoccupation générale était visible, elle pesait lourdement sur les transactions de toute nature ; chacun prenait ses mesures, et ce n'est qu'avec une prudence excessive, qui pouvait passer pour de la défiance, que les négociations s'entamaient, même entre les maisons les mieux établies.

Encore une fois, nous répéterons qu'une pareille crise, si inquiétante qu'elle fût, ne pouvait atteindre la maison Bonnington et Cie. Récemment encore deux de leurs navires, venant de Calcutta, étaient arrivés à Liverpool avec des cargaisons qui s'étaient vendues dans des prix fort élevés. M. Bonnington avait d'ailleurs prévu toutes les éventualités, et aucun désastre ne devait ni le compromettre ni même l'ébranler. Dès le matin du 31, il avait revu ses échéances avec Samuel Hampden, la caisse regorgeait de bank-notes, et il pouvait attendre tranquillement les événements.

Vers midi, il sortit, laissant Samuel enfermé dans le bureau où il se tenait d'habitude ; ce bureau avait un aspect particulier ; il formait une sorte de carré oblong, figuré et défendu par un grillage solide, dans une vaste pièce, complètement isolée, et communiquant, à l'aide d'une porte bardée de fer, avec le cabinet même de M. Bonnington. Quand ce dernier s'éloigna, Samuel était assis à un pupitre mobile, et il mettait la dernière main à ses écritures. M. Bonnington monta dans sa voiture, et se fit conduire à St-James-Park.

Sans être inquiet, M. Bonnington était soucieux... Une préoccupation évidente tourmentait son esprit, et c'est pour penser tout à son aise qu'il fuyait Lombard-street.

En arrivant à St-James, il rencontra M. Gus-Brough, qui venait d'obtenir de l'administration des Omnibus le chiffre exact des voyageurs transportés dans les 9,000 rues de Londres, pendant l'année écoulée.

Il marcha rapidement à la rencontre de son ami.

— Dieu pardonne, s'écria-t-il, si je m'attendais à rencontrer quelqu'un à cette heure dans St-James-Park, ce n'est pas à coup sûr le chef de la maison Bonnington et Cie !

— Et pourquoi donc ?... fit M. Bonnington.

– Mais parce que nous sommes aujourd'hui au 31 décembre, et qu'à l'heure qu'il est plus d'une maison qu'on croyait solide est en train de disparaître.

– Dieu merci, repartit M. Bonnington, la situation n'a rien d'inquiétant pour nous et personnellement, au contraire, j'ai vu arriver cette fin d'année avec une réelle satisfaction !

– Expliquez-moi cela.

– Rien n'est plus simple, mon cher ami ; vous savez que je marie miss Ophélia ?

– J'en ai entendu parler.

– Avec le major Turner.

– Un homme honorable, fils d'un pair du royaume, et l'un des officiers les plus distingués des vingt régiments qu'entretient la Compagnie des Indes.

– Ce mariage fait le bonheur de ma fille, et il me permet de réaliser un projet que je nourris depuis longtemps.

– Lequel ?

– Celui de quitter Londres.

– Est-ce donc bien décidé ?

– Je partirai dans un mois.

– Et vous irez ?

– À Calcutta.

M. Gus-Brough regarda son interlocuteur avec une sorte de stupéfaction.

– À Calcutta ! répéta-t-il ; vous m'aviez déjà parlé de ce projet, mais j'avoue que je n'y croyais pas... Au moins, n'y resterez-vous pas longtemps ?

– Je ne sais.

– Et vos enfants ?

– Le major Turner retourne dans l'Inde et il emmène naturellement sa femme avec lui. Quant à Lucy, ce voyage est une grande joie pour elle, et elle partira, sans laisser à Londres le moindre regret...

Il y eut un court silence, pendant lequel M. Gus-Brough remua doucement la tête :

– Allons !... dit-il enfin, je ne veux pas essayer de vous dissuader... l'Inde est, d'ailleurs, au dire de nos naturalistes, un pays magique, qui a le don d'attirer et de retenir les imprudents qui s'y aventurent. Mais vous me croirez si vous voulez, mon ami, vous ne semblez pas tout à fait libre en entreprenant ce voyage.

– Et vous avez raison ! fit M. Bonnington, car c'est le sentiment impérieux du devoir qui m'y rappelle.

– Comment cela ?

– Ah ! c'est une histoire singulière : tenez, un remords terrible qui, depuis vingt années, pèse sur mon cœur, et ne me laisse pas un instant de repos.

– Vous ne m'aviez jamais parlé de cela ?

– Je cherchais à l'oublier moi-même.

– C'est donc grave ?

– Plus que vous ne pensez.

– Vous m'effrayez !

M. Bonnington sourit amèrement.

– Une heure, mon ami, reprit-il aussitôt, une heure d'oubli a suffi pour troubler à jamais mon existence. Écoutez. C'était à Calcutta, la veille de mon départ pour Londres ; le bateau était en rade, il n'attendait plus qu'un dernier chargement important pour s'éloigner, et moi, retenu par quelques amis, j'étais resté à terre, où un banquet devait nous réunir et sceller nos adieux. Je voulais partir cependant, j'avais comme un pressentiment de l'infamie de cette nuit, et aujourd'hui, quand je me rappelle cette date fatale du 20 juin 1818, je me prends encore à frissonner et à avoir honte de moi-même. Le dîner s'était prolongé fort avant dans la nuit ; mes amis étaient tous plus jeunes et plus fous que moi ; les vins de France nous avaient versé l'ivresse à longs flots. Quand je sortis, je n'avais plus conscience de mon être. – Cependant, en me retrouvant le matin sur le pont du navire qui fuyait vers la Grande-Bretagne, j'emportais le remords d'avoir commis une action indigne d'un homme d'honneur...

– Et n'avez-vous fait aucune démarche pour la réparer ?

– J'ai fait tout ce qu'il m'était humainement possible de faire, mais toutes mes recherches sont restées infructueuses.

– Et dans cet état, vous voulez y aller vous-même ?

– Oui, certes.

– Eh bien, je vous approuve, Bonnington ; sans doute, vous avez été coupable, puisque vous l'avouez vous-même, mais Dieu, qui a vu votre repentir et vos remords, vous conduira peut-être enfin là où vous attendent le pardon et le repos.

Comme ils en étaient là de leur conversation, ils virent venir à eux le major Turner, le visage pâle et les traits bouleversés.

M. Bonnington se hâta d'aller à sa rencontre :

– Qu'y a-t-il donc, major, lui dit-il en lui tendant la main, et pourquoi cet air sinistre et cette pâleur sur votre front ?

Le major jeta avant de répondre un regard singulier sur M. Gus-Brough.

– Je viens de Lombard-street, monsieur Bonnington, dit-il alors, et c'est à grand'peine que j'ai pu savoir la direction que vous aviez prise. J'avais à vous parler de choses importantes.

– Que se passe-t-il donc ?

– C'est à vous que je viens le demander.

– Hâtez-vous alors, mon ami, car votre attitude commence à m'inquiéter.

Le major eut un singulier sourire, et jeta une seconde fois un regard soupçonneux sur M. Gus-Brough. Ce dernier s'en aperçut.

– Si je dois gêner votre conversation, commença-t-il.

– Vous ! interrompit Bonnington avec vivacité : ce ne peut être la pensée du major... il sait que Gus-Brough, de Piccadilly, est mon meilleur ami, et...

– Puisqu'il en est ainsi, poursuivit le major en s'inclinant, j'arrive au fait.

– Voyons ! voyons !

– Lorsque j'ai eu l'honneur de vous demander la main de miss Ophélia, je croyais avoir affaire à un homme d'une rigoureuse probité, et sur l'honneur duquel je pouvais compter comme sur celui de mes ancêtres.

– Eh bien !... fit Bonnington, dont les joues se colorèrent d'une légère rougeur.

– Eh bien ! savez-vous ce que l'on dit à l'heure qu'il est dans la Cité, sur la maison Bonnington et Cie ?

– Sur ma parole, monsieur Turner, je serais curieux de le savoir.

– On dit, monsieur, que depuis quelques mois vous avez parfaitement pris vos mesures en vue de cette fin d'année, que vos préparatifs sont faits pour quitter l'Angleterre et passer sur le continent ; enfin, depuis ce matin, depuis une heure, toute la place a appris avec stupéfaction que la maison Bonnington et Cie avait suspendu ses payements.

M. Bonnington devint livide :

– Que dites-vous ? balbutia-t-il interdit.

– Ce que vous ne pouvez ignorer, je pense.

— Vous me croyez donc capable d'une pareille action ?

— Tout Londres le croit comme moi, à cette heure !

— Mais c'est une calomnie !

— Vous le prouverez difficilement.

— M. Hampden était là, cependant.

Le major haussa les épaules.

— Et sans doute, monsieur, puisque je l'ai vu moi-même, et que, devant moi, deux traites de mille livres chacune ont été refusées par lui.

— C'est impossible.

— J'étais présent.

— C'est faux, vous dis-je.

— Monsieur Bonnington !...

M. Bonnington prit sa tête dans ses mains et pressa convulsivement son front près d'éclater.

— Voyons, dit-il avec une fiévreuse exaltation, voyons, major Turner, Dieu merci ! nous ne sommes plus des enfants, et nous savons la valeur des mots... Eh bien ! ce que vous affirmez est impossible... vous avez été abusé... vous vous êtes trompé vous-même, la maison Bonnington et Cie a dans sa caisse une somme dix fois supérieure à celle qui lui était nécessaire, et il serait insensé de croire...

— Voulez-vous vous en assurer par vous-même ?

– Mais vous m'accompagnerez ?

– Je suis à vos ordres.

– Avec mon ami Gus-Brough.

– Nous irons tous les trois.

– Eh bien, ne perdons pas de temps... Ma voiture est près de la grille, en un quart d'heure nous serons dans Lombard-street... partons.

La voiture brûla le pavé, et la distance fut franchie en quelques minutes. Dès qu'ils furent arrivés devant la maison de M. Bonnington, ce dernier sauta le premier à terre, et, au moment d'entrer, il rencontra un garçon de recette de la Banque, qui sortait la sacoche vide sous le bras.

– M. Samuel est-il à la caisse ? demanda en passant M. Bonnington à cet homme.

Le garçon haussa les épaules :

– Eh ! sans doute, Votre Honneur, répondit-il brusquement, M. Hampden est bien à sa place, mais c'est la caisse qui n'est pas à la sienne.

Et il s'éloigna.

M. Bonnington s'était élancé dans l'escalier qui conduisait à son bureau. Ses deux compagnons avaient peine à le suivre.

Ce qui se passait en ce moment dans son cœur serait bien difficile à dire. Une épouvante sans nom s'était emparée de son esprit, ses tempes battaient avec force, un nuage épais obscurcissait sa vue. Quand il atteignit son cabinet, il était pâle, effaré, hors de lui, et paraissait près d'être foudroyé par une attaque d'apoplexie.

Il courut à la porte qui communiquait avec la caisse, et la secoua de ses deux bras vigoureux.

Mais la porte était fermée en dedans et ne bougea pas.

– Samuel ! cria-t-il alors d'une voix éperdue et tremblante, Samuel ! c'est moi... ouvrez.

Le silence seul répondit à ce cri, et il se retourna morne vers le major et M. Gus. Son regard avait comme l'étrange fixité de la folie !

– Il se passe ici quelque chose d'inouï, messieurs, dit-il aussitôt avec un calme affecté, mais le ciel a mesuré le courage aux épreuves que nous avons à subir ; je serai fort jusqu'au bout... Messieurs, veuillez me suivre.

Ils firent le tour des bureaux, et quelques minutes après ils arrivaient à cette vaste salle dont nous avons parlé, et dans laquelle avait été établi le bureau de M. Samuel Hampden.

Samuel était assis à son pupitre, deux bougies brûlaient allumées près de lui, il paraissait calme et écrivait.

M. Bonnington s'élança vers lui.

– Enfin ! s'écria-t-il avec animation, enfin, je vous trouve, monsieur, et vous allez m'expliquer...

À la vue de son patron, Samuel s'était levé... une légère pâleur couvrait son visage ; mais son regard était ferme, et un sourire plein d'amertume vint même un instant plisser le coin de ses lèvres.

– Je vous attendais, monsieur, répondit-il avec sang-froid ; seulement j'avais mes raisons pour ne pas vous ouvrir tout à l'heure.

– Mais c'est une infamie.

– Peut-être.

– Vous ignorez donc ce que l'on dit à cette heure dans Londres de la maison Bonnington et Cie.

– Je le sais.

– Cependant, ce matin, monsieur, la caisse était en mesure.

– Elle l'est encore.

Et Samuel tira, en parlant ainsi, deux poignées de bank-notes, qu'il jeta négligemment sur son bureau. M. Bonnington adressa un regard triomphant au major.

– Dans le premier moment, poursuivit Samuel, vous avez pu croire que votre caissier était un fripon, et qu'il avait disparu emportant quelques mille livres sterling sur le continent. Cela pouvait être, en effet, mais ce vol ne m'eût pas enrichi, vous le savez bien ; et d'ailleurs, en disparaissant de la sorte, je n'aurais pas atteint le but que je me suis proposé.

– Quel but ? balbutia M. Bonnington en se rapprochant.

M. Gus-Brough et le major s'étaient rapprochés également, et ils écoutaient avec avidité.

Cependant Samuel avait repris les bank-notes, et sans même tourner son regard vers les trois personnages qui suivaient ses mouvements, il venait de les présenter de chaque main à la flamme des deux bougies.

Les billets de banque prirent feu aussitôt.

M. Bonnington poussa un cri de rage à cette vue et se cramponna furieux au guichet du bureau.

— Misérable ! cria-t-il en secouant rudement le grillage de fer, qu'il essayait de briser, mais c'est ma fortune que vous détruisez !

— La vôtre et la mienne, monsieur Bonnington.

— C'est mon honneur, à moi...

— Je le savais.

— Celui de mes enfants, de ma pauvre Lucy...

Samuel frémit à ce nom, lâcha une poignée de bank-notes et essuya son front baigné de sueur.

— Je le savais... répéta-t-il d'une voix plus sourde.

M. Bonnington se tordait les bras de désespoir.

— Mon Dieu ! disait-il, cet homme est insensé ; il n'a pitié ni de mes prières, ni de mes larmes... Je suis perdu, déshonoré !...

— Oui, monsieur, déshonoré ! interrompit Samuel d'un accent cruel.

– C'est une lâcheté.

– Non, une vengeance.

– Mais que vous ai-je donc fait, malheureux !

Samuel remua lentement la tête.

– Oh ! rien, sans doute, répondit-il en scandant ses paroles ; j'étais trop jeune alors, j'avais cinq ans à peine, je ne comprenais même pas encore la honte et le déshonneur... aussi, j'ai attendu !... j'ai porté dix années le poids de ce souvenir, j'ai appris à maudire votre nom, et ce n'est qu'aujourd'hui que j'ai pu venger ma pauvre sœur.

– Votre sœur !...

– Souvenez-vous de Calcutta !...

– Que dites-vous ?

– Je dis, monsieur Bonnington, que la dette du 20 juin 1818 est enfin payée, et que, dès ce moment seulement, nous sommes quittes.

En parlant ainsi, Samuel alla tranquillement ouvrir la porte du cabinet de M. Bonnington, mais à peine y fut-il entré qu'il recula, frappé de surprise.

Miss Lucy était là, agenouillée et le visage baigné de larmes.

– Vous, miss, vous ! s'écria Samuel éperdu.

– Oui, monsieur, répondit la jeune fille.

– Et vous m'avez entendu ?

– Oh ! vous avez été bien cruel envers mon pauvre père.

– Si vous saviez ?

– Je sais tout.

– Mais qui vous l'a dit ?

– Votre sœur elle-même.

– Vous la connaissez ?

Lucy eut un sourire radieux à travers ses larmes.

– Monsieur Samuel, répondit-elle doucement, vous n'étiez pas seul à vous rendre, chaque soir, dans le quartier de la Flotte.

Samuel n'en voulut pas entendre davantage ; il se laissa tomber à genoux devant la jolie enfant, et lui prit vivement les mains :

– Oh ! pardon ! pardon, miss, lui dit-il avec enthousiasme, je suis un malheureux, et je ne méritais pas la bonté que vous me témoignez... Mais parlez, parlez, et s'il est en mon pouvoir de racheter ma faute.

– Il est trop tard maintenant, dit miss Lucy, vous avez rendu tout retour impossible ; mon père est déshonoré par vous... Tout Londres connaît et commente sa honte... et qui sait même s'il y pourra survivre ?

Samuel ne répondit pas ; il comprenait trop bien la justesse de cette observation. Il pressa les mains de Lucy dans une dernière étreinte, et se hâta de gagner sa chambre.

IV

On était au mois de juin 1839.

Le soleil sortait étincelant de l'horizon, et couvrait de lames d'or les plaines d'euphorbes et d'aloès qui entourent la ville de Calcutta ; des myriades d'oiseaux couleur de rubis chantaient dans les bouquets de bananiers ; toute la nature enfin semblait s'éveiller amoureuse sous les fraîches caresses du jour.

À cette heure, une petite caravane de chasseurs partit de Calcutta et se dirigea vers une vieille ruine située à environ trois milles de la ville.

En tête s'avançaient cinq hommes à cheval suivis à peu de distance par deux jeunes femmes en élégant costume d'amazone ; immédiatement après marchaient quatre énormes éléphants de chasse, conduits par leurs *mahouts* ou cornacs.

Arrivée à un mille de Calcutta, la petite caravane s'arrêta, les éléphants s'agenouillèrent, sur l'ordre de leurs cornacs, on leur appliqua des échelles le long de la carapace, et les chasseurs, à l'exception de deux, montèrent et s'assirent dans les *howdahs.*

Puis le *jemidar* donna le signal, et l'on partit à travers la plaine.

Les deux chasseurs qui avaient dédaigné les éléphants s'étaient remis en route et, tout en causant, ils précédaient la caravane, qui avançait lentement.

– Savez-vous, major Turner, dit tout à coup l'un d'eux à son compagnon, que plus je parcours les environs de la capitale du Bengale, plus j'admire la puissance de la compagnie des Indes ; voyez plutôt ce qu'elle a pu faire en si peu de temps, avec le seul aide de ses guinées et de la nature.

– C'est vrai ! répondit laconiquement le major.

– Vous avez à Calcutta, poursuivit son interlocuteur, des édifices qui le disputent en élégance aux plus beaux palais de Londres, qui est cependant la première cité du monde. La Banque, l'hôtel des Douanes, l'hôtel des Monnaies, le palais du Gouvernement, les immenses chantiers de Kiderpoor, tout cela atteste la grandeur de la Compagnie, ou je ne m'y connais pas ! comme disent les Français. Et je ne parle pas encore du fort Williams, qui est certes la plus belle citadelle qui soit dans l'Inde et même en Europe... Savez-vous bien, major Turner, que le fort Williams reçoit sur ses bastions trois cents pièces d'artillerie, qu'il peut contenir quinze mille soldats, et qu'il ne faudrait pas moins de dix mille hommes pour le défendre. La Compagnie a fait les choses comme il convient aux représentants d'une grande nation, et je sais, par les statistiques les plus officielles, que les dépenses occasionnées par le fort Williams depuis qu'il existe, atteignent le chiffre énorme de 2 millions sterling.

Le major Turner venait d'allumer un cigare, il en présenta un à son interlocuteur.

– Merci, répondit ce dernier, le matin, à jeun, la fumée de cigare m'est insupportable, et si tous les gentlemen de Londres me ressemblaient, les dix huit cents marchands de tabac que cette ville renferme seraient obligés de fermer boutique.

Ils traversaient en ce moment un champ semé de noyers, de cardamomes et de girofliers ; l'air était fortement imprégné des senteurs pénétrantes des arbres à épices, et la caravane pouvait s'avancer, sans crainte que le gibier qu'elle voulait surprendre ne fût prévenu par les émanations humaines.

Il s'agissait bel et bien d'une véritable chasse au tigre. La veille on était venu avertir le major Turner que l'on avait découvert trois tigres dans les environs, et ce dernier avait immédiatement ordonné une chasse pour le lendemain.

Une chasse au tigre, comme les Anglais savent les faire, et comme Méry sait les décrire, c'est une bonne fortune ! On n'a point de pareils spectacles en Europe, et les habitants de Calcutta, eux-mêmes, en sont très-friands. – La caravane se composait de personnages que le lecteur connaît en partie.

En première ligne, venait le major Turner, qui était retourné à Calcutta après avoir épousé miss Ophélia Bonnington. Il y avait ensuite M. Bonnington lui-même et deux commis de la Compagnie ; puis enfin, M. Gus-Brough, l'honorable membre de la Société de statistique. Quant aux deux femmes, c'étaient milady Turner, née Ophélia Bonnington, et sa sœur, la jolie miss Lucy.

L'interlocuteur du major Turner, le lecteur l'a deviné sans doute, n'était autre que notre ami M. Gus-Brough.

Depuis dix-huit mois, il n'avait pas changé. C'était le même homme, petit, gros et court, et il continuait, à Calcutta, le même métier de statisticien qu'il exerçait à Londres.

M. Bonnington, lui, ne pouvait pas rester en Europe, après le sinistre qui avait frappé sa maison, et il était venu se réfugier dans l'Inde, emportant de ce naufrage une fortune excessivement réduite, mais que son travail devait bientôt augmenter de nouveau. Dans les premiers moments, il voulut rendre au major Turner la parole que celui-ci lui avait donnée ; mais le major était un homme de principes rigides, et il ne se crut pas dégagé par le malheur qui frappait la famille dans laquelle il devait entrer. Il tenait plus, d'ailleurs, à l'honorabilité de M. Bonnington qu'à sa fortune, et il insista même pour que le mariage se fît dans les délais fixés d'abord. M. Gus-Brough se sentit profondément touché d'un pareil trait de générosité, et après s'être fait donner une mission par la Société de statistique de Londres, il partit pour l'Inde avec ses amis.

Quant à Samuel Hampden, on l'avait laissé fuir sans s'en inquiéter davantage. Il était parti, on ne savait pas ce qu'il était devenu, et jamais depuis, on n'avait entendu parler de lui.

Miss Lucy avait tout accepté avec une résignation angélique ; elle n'avait fait entendre aucune plainte, ni élevé aucune objection ; quand il fallut quitter Londres et partir pour des pays lointains, elle ne tourna pas une seule fois ses regards vers la ville qu'elle abandonnait, nulle larme de regret n'avait mouillé ses joues ; elle monta sur le vaisseau d'un pas sûr, et vit les côtes d'Angleterre s'évanouir et disparaître à l'horizon sans qu'aucun déchirement se fît dans son cœur. On eût pu prendre facilement son impassibilité pour de l'indifférence ; elle resta calme, froide, insensible, et quand son père, effrayé de son attitude, lui demanda anxieusement si elle ne souffrait pas, si elle ne regrettait rien, elle secoua doucement la tête et essaya un sourire.

— Non, répondit-elle sans effort, non, mon bon père, je ne souffre pas, et je ne regrette rien. Maintenant, j'irai où vous voudrez me mener, et je serai toujours heureuse d'habiter près de vous et avec vous.

M. Bonnington se contenta de cette réponse ; Lucy était une enfant dévouée et soumise ; elle était si jeune encore, elle n'avait pas eu le temps de rêver une autre existence. Le père fut rassuré. Mais à partir de ce moment, la pauvre enfant se prit à

pâlir, un cercle bleu se dessina autour de ses beaux yeux, désormais sans flamme, et une tristesse douce et calme se répan-
dit sur son front.

Depuis, Lucy était toujours restée la même. Le climat
splendide de l'Inde, cette nature exubérante, les longues plaines
qui s'étendent au loin comme d'immenses tapis de verdure, les
larges ruisseaux d'eau vive, les jardins de balsamines et de pa-
vots rouges, tout cela était impuissant à la distraire ; elle passait
devant ces splendeurs éblouissantes, morne, taciturne et pâle.
La science chercha vainement le mot de cette énigme, Lucy le
cachait au plus profond de son cœur, et personne ne l'y trouva.

Cependant la troupe venait de s'arrêter de nouveau. Elle se
trouvait alors au pied d'une petite colline à pente douce, sur le
versant opposé de laquelle s'élevaient les ruines qui servaient,
croyait-on, de refuge aux tigres.

Le jemidar avait quitté les chasseurs, et quand il eut atteint
le sommet de la colline, il se coucha à plat ventre et leur fit signe
d'avancer. Un seul coup d'œil lui avait suffi.

Il y avait là trois tigres, trois vrais tigres du Bengale !

Les ruines provenaient d'une vieille pagode depuis longtemps abandonnée ; les figuiers sauvages y poussaient en toute
liberté, et des plantes parasites pendaient dans les fentes des
murailles à demi usées par le temps. – Les tigres dormaient,
paresseusement allongés à l'ombre des massifs, le mufle dans
les pattes et l'oreille pendante...

Les quatre éléphants choisirent leur position de combat
avec toutes les précautions usitées en pareil cas, et quand les
tigres se réveillèrent, les chasseurs armaient leurs carabines, et
la bataille pouvait commencer.

Le réveil fut terrible.

M. Bonnington avait pris place dans un howdah, à côté de Lucy ; le major était monté près de milady Turner ; quant à M. Gus-Brough et aux deux commis de la Compagnie, ils s'étaient partagé les deux autres éléphants.

Les trois tigres s'étaient levés d'un seul bond, et trois cris rauques venaient d'ébranler les ruines.

Le soleil était alors tout à fait sorti de l'horizon ; ses rayons, tombant obliquement sur le pelage des monstres irrités, en faisaient chatoyer les vives couleurs.

Ce fut un spectacle inouï, dont les chasses européennes ne sauraient offrir d'équivalent.

Les trois bêtes fauves s'élancèrent de leur retraite, et, le regard fulgurant, le mufle contracté, la queue agitée d'ondulations menaçantes, elles se présentèrent sans défense à leurs redoutables ennemis.

Il y eut une seconde de silence solennel ; hommes et monstres échangèrent un regard suprême ; puis les détonations éclatèrent, et un nuage de fumée enveloppa un moment les assaillants.

M. Bonnington et les deux commis de la Compagnie avaient seuls tiré, M. Gus s'était contenté de regarder. Quant au major, il tenait sa carabine chargée, et attendait une occasion favorable. Elle ne se fit pas longtemps attendre.

Dès que la fumée se fut dissipée et que l'on put apercevoir de nouveau les ruines de la vieille pagode, deux tigres seulement étaient debout ; le troisième se roulait à leurs pieds dans les dernières convulsions de l'agonie.

Le temps d'arrêt fut court. Déjà les chasseurs s'étaient armés de carabines chargées, et le combat allait recommencer de plus belle. Mais soit que les tigres eussent compris le désavantage de leur position, soit que la mort de leur compagnon leur eût inspiré une ardeur nouvelle, sans donner à leurs adversaires le loisir de les mettre en joue, ils s'élancèrent à travers l'espace en dirigeant leurs bonds vers les éléphants.

Le premier était le plus vieux, le plus courageux, le plus irrité. Une balle l'avait blessé au flanc, et son sang coulait en abondance ; il voulait une vengeance mémorable, et il alla tomber sur l'éléphant qui portait le major et milady Turner.

Mais avant qu'il eût décrit sa courbe dans l'air, le major l'avait ajusté, et l'animal, frappé cette fois en pleine poitrine, tombait avec des mugissements terribles sur les ruines mêmes de la pagode.

Son compagnon fut plus heureux.

C'était le plus jeune, le plus beau, le plus fier !... Avant de prendre son élan et de choisir sa victime, il exécuta à droite et à gauche des bonds d'une hardiesse inouïe ; il allait et venait, ouvrant ses narines, montrant ses dents fines, lançant des regards qui ressemblaient à des éclairs. Les chasseurs oubliaient le danger pour le suivre dans ses évolutions pleines de souplesse, et pendant quelques secondes on eût pu croire que l'on assistait au spectacle inoffensif de quelque arène civilisée.

Tout à coup, cependant, le monstre s'arrêta : toute la peau de son mufle s'était contractée, et se retirait des narines au front.

Il ne poussa qu'un rugissement, un seul, et les chasseurs en frissonnèrent, comme au contact d'une griffe invisible.

Le monstre avait bondi, et pendant que les regards éblouis le cherchaient encore à la place qu'il occupait, il se ruait, en tourbillonnant, vers l'éléphant, où Lucy, mourante de peur, s'agenouillait auprès de son père.

Dix coups de feu retentirent inutilement ; le tigre passa rapide au milieu des balles, arriva, sans avoir été atteint, sur le *howdah* où se trouvaient M. Bonnington et sa fille.

Il n'en fallait pas tant pour jeter l'épouvante dans le cœur de tous les spectateurs et le désordre dans leurs rangs. Vingt cris de terreur s'élevèrent à la fois, et le jemidar, suivi de quelques hommes, se précipita éperdu vers le tigre.

En ce moment, M. Bonnington, renversé par la chute du monstre, venait de tomber, blessé et sanglant, au milieu des chasseurs accourus. Miss Lucy était restée évanouie dans le *howdah*...

L'anxiété fut profonde pendant quelques instants ; milady Turner jetait des cris perçants, tandis que le major, debout sur son éléphant et la carabine armée, attendait que le tigre se découvrît pour lui envoyer une balle. Vingt fusils étaient braqués dans la même intention, mais nul n'osait faire feu, de peur qu'un projectile maladroit n'allât frapper la pauvre Lucy. Cette situation ne dura qu'une minute peut-être, mais une minute qui parut à tous longue comme un siècle.

Cependant, et par un bonheur inouï, le tigre, étonné de se trouver au milieu de ses adversaires silencieux, et craignant sans doute quelque piège, promenait ses regards provoquants sur tout ce qui l'entourait. Miss Lucy était étendue sans connaissance dans le *howdah*, et le moindre soupir, le plus léger mouvement devait la perdre. Un silence effrayant régnait de toutes parts, l'on n'entendait plus à cette heure que le souffle enflammé du monstre.

Tout à coup, l'animal exécuta un bond et se retourna sur lui-même. Un incident aussi singulier qu'inattendu avait détourné son attention.

Un homme, que nul des chasseurs ne connaissait, et que l'on n'avait point encore vu jusqu'alors, venait de se cramponner à la trompe de l'éléphant docile, et armé d'un long couteau de chasse, la ceinture garnie d'une paire de pistolets, il s'avançait hardiment, en cherchant à attirer de son côté toute l'attention du tigre.

Nous venons de voir qu'il avait réussi.

Chacun respira. Cet homme jouait sa vie à un jeu où il devait certainement perdre ; mais la diversion qu'il imaginait allait sauver miss Lucy, et des applaudissements frénétiques partirent de tous les points.

L'inconnu n'y prit pas garde et continua d'avancer ; le monstre mugissait, labourant la carapace de l'éléphant de ses griffes irritées ; une colère sanglante allumait ses regards, il était redevenu plus terrible et plus menaçant encore !

En ce moment, son adversaire plaça son couteau entre ses dents, tira ses deux pistolets de sa ceinture, et en lâcha aussitôt la détente.

Les deux coups de feu furent suivis d'un dernier mugissement, et le tigre, bondissant sur son ennemi, alla tomber, en l'emportant entre ses griffes, à vingt pas du jemidar et des hausamaux effrayés.

Il y eut alors un mouvement unanime parmi tous les chasseurs, et chacun se précipita à l'envi vers l'endroit où allait se dénouer le drame.

M. Gus-Brough s'était rapproché de M. Bonnington, dont la joie saurait à peine se décrire, et les deux amis se tenaient étroitement embrassés.

— Lucy ! ma pauvre Lucy ! disait le père ; Dieu me la rend, Dieu soit béni !

— Sans doute, sans doute, repartit M. Gus-Brough, et c'est un grand bonheur qu'un homme va peut-être en ce moment payer de sa vie.

— Croyez-vous ?

— C'est probable.

— Mais quel est donc cet homme ?

M. Gus-Brough secoua tristement la tête.

— Cet homme, répondit-il, votre désespoir et votre trouble vous ont empêché de le reconnaître tout à l'heure. Mais, moi, mon ami, je n'ai pu m'y tromper une seconde.

— Et quel est-il ?

— C'est un triste souvenir !... il a indignement abusé de votre confiance, il vous a forcé à venir chercher à Calcutta une fortune que vous aviez laborieusement édifiée à Londres.

— Samuel ! interrompit M. Bonnington.

— Lui-même, répondit M. Gus-Brough.

– Est-ce possible !

– Oui, mon pauvre ami. M. Hampden rachète aujourd'hui noblement la faute qu'il a commise et le chagrin qu'il vous a causé ! Certes, la vie de notre chère Lucy vaut bien les bank-notes qu'il a brûlées dans la capitale des Trois-Royaumes.

M. Bonnington ne répondit pas tout de suite ; il prit la main de M. Gus-Brough, et la serra un moment silencieusement dans les siennes.

– Le doigt de Dieu est dans tout ceci, dit-il enfin, d'une voix émue, et le retour de Samuel m'explique bien des mystères dont la cause était restée ignorée pour moi jusqu'à ce jour. Oui, mon ami, cet homme m'a causé le plus cruel chagrin que j'aie éprouvé de ma vie ; mais j'avais commis une faute moi-même, et ce n'était là que le juste châtiment que j'avais mérité ; j'avais offensé Dieu, et Dieu m'a puni ; mais le bonheur que j'éprouve en ce moment rachète le passé tout entier, et je suis doublement heureux de le devoir à Samuel... Prions donc le ciel, mon ami, pour qu'aucune douleur ne vienne troubler la joie de cette journée.

En ce moment, une grande clameur s'éleva du sein des chasseurs groupés autour du tigre, et des hourras vinrent annoncer à M. Bonnington et à M. Gus-Brough que Samuel Hampden était sorti victorieux de sa lutte avec le monstre.

Quelques hausamaux étaient montés sur l'éléphant où se trouvait miss Lucy, et ils venaient de descendre la jeune fille quand les hourras se firent entendre.

Comme on touchait le sol, miss Lucy sortit enfin de son évanouissement : elle n'avait rien vu, rien entendu de ce drame sauvage, et quand elle rouvrit les yeux, la première personne que son regard rencontra fut Samuel Hampden.

Elle poussa un cri de terreur, et se tourna vers son père.

Samuel était fort pâle, le sang coulait abondamment d'une blessure que lui avait faite le tigre, miss Lucy crut à un plus grand malheur.

— Samuel ! dit-elle d'une voix étouffée à son père, qui la couvrait de baisers, Samuel blessé mortellement !

— C'est lui qui t'a sauvée, mon enfant, interrompit M. Bonnington.

— Mais en exposant ses jours !

— Dieu le protégeait.

— Il va mourir, peut-être !

M. Bonnington sourit doucement et pressa sa fille contre son cœur.

— Non, mon enfant, dit-il, Samuel ne mourra pas, car maintenant le passé est oublié, et l'avenir peut être encore heureux.

— Que voulez-vous dire ?

— Je dis, répondit le père, que tout m'est expliqué dès aujourd'hui et que je ne veux plus que ma Lucy soit pâle et triste comme par le passé. Demain, mon enfant, j'irai trouver M. Hampden, et, qui sait, si tu ne t'y opposes pas, peut-être pourrai-je me l'attacher par des liens plus doux que ceux de la reconnaissance et de l'amitié.

Une subite rougeur colora, à ces mots, les joues de la charmante enfant et elle cacha sa tête sur la poitrine de son père.

Qu'est-il besoin d'ajouter à ce qui précède ?

Samuel avait perdu sa sœur, peu de temps après la catastrophe de Lombard-street. Il s'était retrouvé alors seul au monde, sombre, triste, désespéré. – Quoi qu'il eût fait pour étouffer ce sentiment dans son cœur, il aimait miss Lucy, avec tout l'oubli d'une âme ardente et jeune. – Il savait que M. Bonnington était parti pour Calcutta avec sa fille ; une sorte d'instinct plus fort que sa volonté le poussa vers l'Inde, et il y arriva presque en même temps que celle qu'il aimait. – Le lecteur sait le reste.

Sans s'être jamais fait remarquer, il quittait rarement les traces de Lucy ; il la suivait partout, caché avec soin à tous les regards, heureux seulement de la voir passer et d'entendre parfois le son aimé de sa voix. C'est ainsi qu'il s'était trouvé près des ruines de la vieille pagode.

Environ six mois après cet incident, Samuel Hampden épousait miss Lucy Bonnington, et, à partir de ce moment, rien ne vint plus troubler leur bonheur.

Aujourd'hui encore, ils habitent l'Inde, et Gus-Brough, qui y fait de temps à autre des excursions pour le compte de la Société de statistique, prétend que dans les 64,595 maisons ou cabanes de Calcutta, on chercherait en vain un ménage plus heureux.

FIN.